SUCCESSION DE Mme DUSAUTOY

SOMPTUEUX MOBILIER

OBJETS D'ART

TABLEAUX ANCIENS ET MODERNES

BIJOUX — DIAMANTS

COMMISSAIRE-PRISEUR

Me ESCRIBE

6, rue de Hanovre, 6

EXPERTS

M. A. BLOCHE
25, rue de Châteaudun, 25

MM. HARO frères
14, rue Visconti, et rue Bonaparte, 20

SOMPTUEUX MOBILIER

OBJETS D'ART

TABLEAUX ANCIENS ET MODERNES

BIJOUX — DIAMANTS

PARIS. — IMPRIMERIE DE L'ART

E. MÉNARD ET Cie, 41, RUE DE LA VICTOIRE, 41

CATALOGUE

DU

SOMPTUEUX MOBILIER

DES

Objets d'art et de curiosité

MAGNIFIQUES BIJOUX

ENRICHIS

De Perles, Diamants et Pierres de couleur

Argenterie, Dentelles, Éventails, Fourrures

TABLEAUX ANCIENS ET MODERNES

Porcelaines de Sèvres, de Saxe, de Chine et du Japon

Faïences italiennes, françaises et de Delft

Bronzes — Marbres — Tentures — Tapis

LE TOUT GARNISSANT

L'Hôtel de feu Mme DUSAUTOY

Et provenant de sa propriété de Saint-Germain

DONT LA VENTE AURA LIEU

Par suite de son décès

HOTEL DROUOT, SALLE N° 1

Les Lundi 9, Mardi 10, Mercredi 11, Jeudi 12, Vendredi 13

et Samedi 14 Décembre 1889

A DEUX HEURES

Par le Ministère de **Me ESCRIBE**, commissaire-priseur

6, rue de Hanovre, 6

Assisté

Pour le Mobilier et les Bijoux	*Pour les Tableaux*
De M. A. BLOCHE	**De MM. HARO frères**
EXPERT	PEINTRES-EXPERTS
25, rue de Châteaudun, 25	14, rue Visconti, et rue Bonaparte, 20

EXPOSITIONS

PARTICULIÈRE	PUBLIQUE
Le Samedi 7 Décembre 1889	**Le Dimanche 8 Décembre 1889**
DE DEUX HEURES A SIX HEURES	DE UNE HEURE A CINQ HEURES

CONDITIONS DE LA VENTE

Elle sera faite *expressément* au comptant.

Les Acquéreurs payeront CINQ POUR CENT en sus des adjudications, applicables aux frais de la vente.

L'Exposition mettant les acquéreurs à même de se rendre compte de l'état et de la nature des objets, il ne sera admis aucune réclamation une fois l'adjudication prononcée.

DÉSIGNATION DES OBJETS

BIJOUX

1 — Paire de boucles d'oreilles, composée de deux belles perles blanches d'Orient, surmontées chacune d'un petit brillant.

2 — Broche forme trèfle, ornée d'un rubis, d'un saphir, d'un brillant jonquille, d'un œil-de-chat et d'un brillant blanc au centre, le tout entouré de brillants.

3 — Grand bracelet en or mat, forme serpent, avec tête enrichie d'un brillant jonquille, forme pendeloque, entouré de brillants blancs.

4 — Bracelet en or mat, forme serpent, avec tête enrichie d'un saphir composé et doublé, entourage et gerbes en brillants, de *Ravaut*.

5 — Bague composée d'un brillant et d'une perle d'Orient, montés en jumelles, corps enrichi de huit brillants.

6 — Bague composée d'un brillant et d'un rubis de Siam, montés en jumelles, corps enrichi de huit petits brillants.

7 — Paire de pendants d'oreilles dont les boutons sont formés de perles solitaires auxquelles sont suspendus des ornements carrés tout pavés de brillants, avec pampilles en brillants, et enrichis au centre de grosses perles rondes et blanches d'Orient.

8 — Broche forme fleur, avec pampilles tout en brillants et roses.

9 — Deux fleurs en brillants, formant épingles de coiffure ou ornements de corsage.

10 — Paire de boucles d'oreilles composées d'un gros brillant entouré de brillants dessinant une rosace, et surmontées chacune d'un brillant, montées en or, à vis.

11 — Broche forme branche de fleurs et de feuillages tout en brillants, avec roses dans les extrémités, de *Ravaut*.

12 — Deux épingles de coiffure, avec bandeaux, fleurs et branchages en brillants.

13 — Broche forme papillon, tout en brillants anciens.

14 — Broche forme carrelage, toute pavée de brillants, avec grosse perle blanche d'Orient au centre, et trois pampilles enrichies de brillants, et de trois perles blanches d'Orient forme poires.

15 — Broche en brillants, enrichie de trois perles blanches d'Orient, dont une pendeloque.

16 — Peigne avec galerie formant diadème, tout en brillants ; dessin fleurdelisé et enroulements, de Baugrand.

17 — Bracelet composé de quatre rangs de brillants et enrichi de quinze perles blanches d'Orient.

18 — Bracelet enrichi d'une grosse perle blanche d'Orient entourée de douze brillants, et corps orné de quatorze brillants montés en chutes.

19 — Bracelet-chaine à maillons, tout pavé de brillants, formant chaine de robe ou ornement de coiffure et collier.

20 — Bracelet avec grande plaque, formant broche, composé d'un grand saphir et double rang de brillants attenant au corps du bracelet par des trèfles en brillants ajustés sur des chutes de brillants.

21 — Paire de boucles d'oreilles composées d'œils de tigre entourés de quatorze brillants.

22 — Châtelaine en or ciselé et guilloché. Époque Louis XVI.

23 — Petite montre en or guilloché, entourages en demi-perles. Époque Louis XVI.

24 — Bourse en or, enrichie de roses.

25 — Crochet de montre en or mat, avec chiffre H.

26 — Chaine avec boule en or, perles et roses.

27 — Chaine de corsage en or poli.

28 — Bracelet en or, avec pierres gravées et camées.

29 — Bracelet composé de médailles grecques, monture en or.

30 — Chaine spirale en or mat, ornée de roses.

31 — Broche formant fermoir, tout en brillants.

32 — Broche formant bandeau composé de deux rangs de brillants et de roses.

33 — Peigne en écaille blonde avec galerie en brillants.

34 — Broche libellule dont le corps est formé par une grosse perle noire et une émeraude; la tête et les ailes sont en brillants, émeraudes et rubis.

35 — Broche formant étoile, en brillants.

36 — Sept bracelets, cercles en or enrichis chacun d'une perle blanche d'Orient, formant une semaine.

37 — Flacon monté en or, enrichi d'une pierre de lune cabochon entouré de roses (de Lamarche-Venit).

38 — Flacon monté en or, dessus en grenat cabochon incrusté de jargon.

39 — Grande bague, camée ancien entouré de roses.

40 — Bague cachet tournant, intaille sur cornaline orientale ; monture or.

41 — Bracelet fil d'or mat avec turquoise talisman.

42 — Médaillon en or guilloché, formant fermoir.

43 — Cure-dents et cure-oreilles or et nacre.

44 — Broche en or, forme coq.

45 — Montre remontoir enfermée dans une boule en cristal.

46 — Bracelet spirale, or mat.

47 — Cache-peigne, deux peignes de bandeaux, écaille blonde ; monture or, modèle Boule.

48 — Épingle de coiffure en or.

49 — Deux épingles de coiffure, écaille blonde avec ornements en roses.

50 — Bracelet et collier en or, modèle chaîne à maillons et filigrane.

51 — Deux peignes écaille avec galeries ornées de boules en argent doré.

52 — Peigne avec galerie, argent et vermeil.

53 — Deux garnitures de boutons de robe en argent filigrané.

54 — Jumelle en nacre, monture argent, de Doninelli, avec écrin en castor.

55 — Broche, grand camée, tête de Minerve; monture or.

56 — Quatre épingles jumelles en perles avec chaînette or et dix-sept épinglettes en or ornées de perles.

57 — Broche forme poignard, ornée de roses, d'émeraudes et de perles; monture or.

58 — Chaîne américaine en or, enrichie de perles.

59 — Collier modèle spirale, or mat, chaîne à maillons, gros collier modèle gourmette, grande chaîne d'éventail.

60 — Deux chaînes giletières avec coulants.

61 — Chaîne giletière avec anneaux anglais, chaîne de cou.

62 — Broche en or avec grand scarabée, modèle Campana.

63 — Paire de pendants d'oreilles en or gravé, modèle Campana.

64 — Broche modèle Campana, or mat, se terminant par une tête de bélier.

65 — Bracelet modèle Campana, or mat, enrichi de trois scarabées.

66 — Bracelet or émaillé noir, avec traverse en demi-perles.

67 — Couteau à plusieurs lames, monture or, dans sa gaine en castor.

68 — Six boucles de différentes grandeurs, en argent facetté, stras et cailloux du Rhin. Louis XVI.

69 — Broche en stras et argent. Louis XVI.

70 — Châtelaine en cailloux du Rhin, monture argent. Louis XVI.

71 — Broche ovale, pavée de stras, monture argent. Louis XVI.

72 — Garniture de douze boutons de robe en stras, monture argent. Louis XVI.

73 — Huit petits boutons de corsage en stras, monture argent, dessin varié.

74 — Broche de ceinture avec chaine en stras, montée argent.

75 — Trois agrafes de manteaux, dorées et émaillées, avec grenats d'Allemagne.

76 — Deux grandes chaines de jupe châtelaine, trousse de ciseaux en acier.

77 — Deux épingles de coiffure en argent et cuivre doré.

78 — Montre à remontoir en argent, avec chaîne giletière niellée.

79 — Timbale de voyage en argent, intérieur doré.

80 — Demi parure : broche et boucles d'oreilles formées de médailles grecques en argent, montées en or.

81 — Broche en or enrichie d'une intaille sur nicolo.

82 — Broche-barrette or enrichie d'un nicolo gravé.

83 — Parure en or gravé et filigrané, partie polie composée d'un bracelet, d'une broche et d'une paire de pendants d'oreilles, enrichis d'intailles bustes de César gravés sur sardoine orientale. Travail ancien.

84 — Grand pendant de cou, formé d'une sardoine orientale avec tête de Minerve gravée, intaille profonde ; monture or à cordons se terminant par des têtes de brebis.

85 — Parure composée d'un collier, bracelet, une paire de boucles d'oreilles, composés d'intailles sur sardoines, cornalines, nicolo, gravées à sujets mythologiques.

86 — Paire de pendants d'oreilles, cornaline gravée, monture or, surmontées chacune d'un brillant.

87 — Montre-savonnette à remontoir or, dessus en onyx enrichi d'un brillant et crochet en or émaillé noir orné de brillants, de *Vever*.

88 — Bracelet chaine double en or, avec fermoir enrichi d'un scarabée, de *Pierret*.

89 — Face à main, avec chaine en or.

90 — Châtelaine en or, accompagnée d'un miroir à main. Travail de style japonais.

91 — Couteau-nécessaire à plusieurs lames, monture en argent.

92 — Flacon et porte-mines, carnet, montés en argent.

93 — Ceinture en argent, style Moyen-Age, servant de porte-éventail.

94 — Crochet de ceinture avec châtelaine en argent, accompagné d'un flacon monté en argent.

95 — Face à main en écaille blonde, avec chaine et chiffre en or.

96 — Petite boite à fard, en argent niellé avec chiffre en or.

97 — Clef en or Louis XVI.

98 — Deux broches crochets en or.

99 — Boîte à épingles, avec épingles en or et perles fines.

100 — Quatre boucles et une agrafe de manteau, en argent et métal.

101 — Chaîne de gousset avec broche-barrette de ceinture, en or et platine.

102 — Lot de débris d'or et d'argent.

103 — Boîte rectangulaire en argent gravé et guilloché.

104 — Bonbonnière à charnières, en argent ciselé et repoussé.

105 — Boîte plate en argent niellé. Travail de Toula.

106 — Petite boite carrée en émail, monture et intérieur dorés.

107 — Boîte octogone en sardoine blanche, monture à cage en or, rehaussée d'émaux gros bleu en plein et sujet champêtre en or de couleur ornant le couvercle et le pourtour. Époque Louis XVI.

108 — Bonbonnière en émail à fleurs, monture argent doré.

109 — Petite boite carrée, en lapis des Alpes; monture cuivre doré.

110 — Six boutons de chemise en corail, monture or.

111 — Porte-cartes en or martelé, avec chiffre H D,

d'un côte, et perruche sur branche d'arbre, de l'autre. Travail dans le goût japonais de Morgan.

112 — Miroir rond à chevalet, forme boîte, en argent gravé décoré d'ornements.

113 — Bijoux et objets de vitrine divers.

ARGENTERIE

114 — Légumier en argent à anses, décor guirlandes de fleurs et plateau, style Louis XVI, pesant 1 kilog. 100 grammes.

115 — Cafetière avec manche ivoire, à côtes tournantes, avec pigeon sur le couvercle. Style Louis XV.

116 — Tasse et soucoupe, argent uni, pesant 250 gr.

117 — Saucière et plateau, bordure perlée, pesant 540 grammes.

118 — Écuelle et plateau, argent guilloché, pesant 530 grammes.

119 — Soupière et plateau, argent uni, pesant 1 kilog. 220 grammes.

120 — Légumier avec couvercle en argent uni, à anses, pesant 1 kilog. 280 grammes.

121 — Deux plats en argent, à contours, pesant 1 kilog. 645 grammes.

122 — Deux plats à festons, en argent, pesant 1 kilog. 580 grammes.

123 — Deux grands plats en argent, même dessin, pesant 1 kilog. 865 grammes.

124 — Grand plat en argent, même dessin, pesant 1 kilog. 250 grammes.

125 — Plat oblong en argent, à contours et festons, pesant 1 kilog. 285 grammes.

126 — Plat ovale à contours, pesant 1 kilog. 500 gr.

127 — Plat ovale en argent, à contours et festons, pesant 1 kilog. 760 grammes.

128 — Écuelle en argent, pesant 1,005 grammes.

129 — Plat ovale et creux en argent, à festons, pesant 1 kilog. 35 grammes.

130 — Petite cafetière en argent, manche en bois, pesant 185 grammes.

131 à 133 — Deux petites cafetières, dont une avec manche en bois, pot à crème et une chocolatière, pesant 590 grammes.

134-136 — Deux sucriers en argent et porte-tasse en filigrane, pesant 450 grammes.

137 — Douze cuillères à sel en argent.

138 — Salière à œuf en argent.

139 — Petite écuelle en argent.

140 — Six porte-menus, modèle petits chiens près d'une barrière, pesant 510 grammes.

141 — Cafetière à côtes tournantes, manche en ivoire, pesant 600 grammes.

142 — Tasse avec couvercle et plateau en argent, style Louis XV, pesant 520 grammes.

143 — Deux petits plateaux en argent ciselé et guilloché, pesant 285 grammes.

144 — Bouillon avec plateau et couvercle en argent, à bordure gravée et guillochée, pesant 445 grammes.

145 — Plateau en vermeil, bordure contournée à feuille de chou, pesant 730 grammes.

146 à 148 — Deux petits gobelets, six cuillères à café, une pelle à thé,

149 — Cuillère à eau sucrée en argent.

150 — Deux plateaux en argent.

151 — Verseuse en argent.

152 — Poêlon en argent.

153 — Saladier à bordure découpée en argent.

154 — Couvert à salade en argent.

155 — Coffret en argent ciselé et repercé à jour.

156 à 160 — Petite tasse, un passe-thé, une cuillère à eau sucrée en argent, une cuillère à eau sucrée et une cuillère à café en vermeil.

161-162 — Petit poignard en argent guilloché et niellé, une pince à raisin forme oiseau.

163 à 165 — Tire-bouchon en argent, un flacon à sel, monture en vermeil, et une paire de petits ciseaux en acier et vermeil.

166 — Deux cornets en argent martelé, ornés de fleurs et de poissons en relief, style chinois, pesant 1 kilog. 340 grammes.

167 — Tasse trembleuse en argent, avec son plateau et sa cuillère, pesant 425 grammes.

168 — Nécessaire de voyage de table en argent.

169 — Cafetière Louis XV en argent ciselé, de forme côtelée, pesant 965 grammes.

170 — Deux carafes en cristal, montées en argent.

171 — Quatre corbeilles en argent, élevées sur trois pieds formés par des feuillages, pesant 845 grammes.

172 — Service composé d'une cafetière, un pot à crème, un plateau et une pince à sucre en argent ciselé, décor feuilles de chou et guirlandes de feuillages, pesant, manche compris, 1 kilog. 650 grammes.

173 — Petite cafetière avec lampe en argent poli, pesant 400 grammes.

174 — Deux carafes en cristal, montées en argent.

175 — Six cuillères à bonbons en vermeil, pesant 215 grammes.

176 — Petit service à thé et à café, composé d'une théière, une cafetière, un pot à lait et un petit plateau en argent et un sucrier ; le tout pesant 910 grammes.

177 — Boite contenant dix-huit couverts à poisson en argent, pesant 2 kilog.

178 — Boite contenant vingt-quatre cuillères à entremets en vermeil, pesant 1 kilog. 340 grammes.

179 — Dix-huit fourchette à entremets en vermeil, pesant 1 kilog. 20 grammes.

180 — Cuillères à sucre et à glace en vermeil, pesant 220 grammes.

181 — Deux cuillères à ragoût.

182 — Ciseaux en vermeil.

183 — Dix-huit cuillères à café en vermeil, pesant 470 grammes.

184 — Quarante-huit fourchettes en argent, pesant 4 kilog. 240 grammes.

185 — Vingt-quatre cuillères en argent, pesant 2 kilog.

186 — Deux brochettes en argent, pesant 55 grammes.

187 — Boite contenant deux carafons et douze petits verres en cristal, monture en vermeil.

188 — Boite renfermant un service à salade, pesant, avec couteau à lame en acier, 310 grammes.

189 — Service à dessert, à glace et à fromage, quatre pièces, pesant 340 grammes.

190 — Dix-huit couteaux à dessert, manches et lames en vermeil.

191 — Dix-huit couteaux à entremets, manches en vermeil, lames en acier.

192 — Dix-huit couteaux, manches en argent, lames en acier.

193 — Trois cuillères, une fourchette à entremets en argent, pesant 160 grammes.

194 — Grand nécessaire de voyage en cristal, avec couvercles en argent.

195 — Petit nécessaire de voyage, garniture en argent.

196 — Pot à crème en argent.

197 — Rond de serviette.

198 — Petite cafetière, manche en bois, pesant 200 gr.

199 — Pot à crème en argent russe, pesant 320 grammes.

200 — Moutardier en argent, style Louis XVI, pesant 75 grammes.

201 — Deux raviers en argent, pesant 480 grammes.

202 — Deux passe-thé en argent, manche ivoire.

203 — Poêlon pesant 270 grammes.

204 à 206 — Petite vache, flacon et trois timbales, pesant 530 grammes.

207 — Porte-huilier avec deux bouchons pesant 930 gr.

208 — Grand sucrier en cristal, monture argent.

209 — Petit plateau et quatre dessous de verre, pesant 670 grammes.

210 — Verre en cristal doré avec pied en vermeil.

211 — Grande caisse contenant vingt-quatre couverts de table, pesant 4 kilog. 170 gr., douze fourchettes, pesant 1 kilog. 45 gr.

212 — Dix-huit couverts à entremets et dix-huit cuillères à entremets, pesant 2 kilog. 600 gr.

213 — Louche, cuillère à sauce, cuillère à sucre et trois brochettes, pesant 485 grammes.

214-215 — Passe-thé, couvert à poisson, manches ivoire, lames argent.

216-219 — Vingt-quatre couteaux de table, manches ivoire, viroles argent, lames acier: dix-huit couteaux, manches ivoire, lames argent; pelle à glace, service à salade.

ORFÈVRERIE

220 — Réchaud long argenté.

221 — Deux réchauds ronds.

222 — Cloche de réchaud.

223 — Six soucoupes de salière.

224 — Sonnette, moulin à poivre.

225 — Figurine : Joueur de tambour de basque, forme cure-dents.

226 — Service composé d'une cafetière, deux sucriers, un pot à crème.

227-229 — Petite écuelle, petit porte-allumettes : Enfant portant une boîte, porte-œufs.

230-231 — Panier à pain, petit sucrier.

232 — Trois plats, plateau guilloché.

233-240 — Deux coupes, théière, réchaud à punch, cafetière, bol, douze dessous de carafe, huit porte-drageoirs, théière en métal anglais.

241-245 — Petite lampe à esprit-de-vin, réchaud, six plateaux, ménagère, cloche.

246 — Deux grands candélabres bouts de table à cinq lumières.

247 — Nombreuses pièces en plaqué, plats, réchauds, couverts, etc.

MOBILIER, OBJETS D'ART

VESTIBULE

248 — Très belle torchère formée par une statue de nymphe drapée, en bronze, portant un bouquet à quatre lumières, de PAUL DUBOIS. Édition de *Barbedienne*.

249 — Paire de vases en porcelaine du Japon, décor polychrome, médaillons à personnages et paysages.

250 — Deux supports en bois noir sculpté. Style japonais.

251 — Deux supports de torchères en bois sculpté, formés par des nègres accroupis. Travail italien.

252 — Deux tabourets-supports de même forme.

253 — Paire de vases en faïence décorés de plantes en bleu et violet.

254 — Deux tabourets orientaux ornés d'incrustations de nacre et d'écaille.

255 — Tapis chemin de Smyrne pour sept marches et la superficie du vestibule.

SALLE A MANGER

256 — Quinze chaises en bois sculpté avec dossiers et dessus couverts en cuir rouge, ornés des chiffres D D enlacés, frappés et dorés. Style XVIe siècle.

257 — Desserte en chêne sculpté.

258 — Grande table ovale avec rallonges, en chêne sculpté.

259 — Table en X avec dessus formant plateau, en chêne clair.

260 — Écran en bois sculpté avec panneau en tapisserie, médaillon à sujet de chasse, encadré de rocailles et de fleurs. Époque Louis XV.

261 — Trois consoles-supports d'applique en bois sculpté rehaussé d'or. Style chinois.

262 — Tabouret-support en bois de fer sculpté. Style chinois.

263 — Pendule en marqueterie de cuivre et d'écaille de l'Inde, ornée de cariatides de femmes, de têtes de bélier et de consoles aux angles, avec bas-relief représentant le char d'Apollon en bronze doré sur socle en marbre sculpté. Louis XIV.

264 — Paire de lampes en émail cloisonné de Chine, décor à paysages et fleurs sur fond blanc et sur fond bleu turquoise; monture en bronze poli.

265 — Deux bustes en composition d'après Carrier-Belleuse: l'Été et le Printemps.

266 — Beau groupe en bronze : Nymphe et enfant dansant, allégorie du Printemps, de *Dubol*, sur socle en noyer. Signé.

267 — Statuette : le Pâtre au chalumeau, en bronze, de *Coinchon*. Signé et daté 1858.

268 — Deux fûts de colonnes en chêne sculpté.

269 — Paire d'appliques en bronze doré à deux lumières. Style Louis XVI.

270 — Vase en ancienne faïence de Castel-Durante, décor médaillons à personnages, ornements, fleurs et palmes sur fond bleu.

271 — Aiguière en faïence des Abruzzes, décor à personnage: monture bois sculpté. XVIIe siècle.

272 — Vase en faïence de Castelli, décor à sujet biblique, ornements et mascarons.

273 — Paire de grands chenets en bronze doré, modèle brûle-parfums enguirlandés de lauriers. Style Louis XVI.

274 — Pelle et pincettes garnies de bronze. Style Louis XV.

275 — Plat rond en ancienne faïence d'Urbino, décor représentant Adam et Ève chassés du Paradis. Cadre en bois noir sculpté et rehaussé d'or.

276 — Assiette creuse en ancienne porcelaine de Chine, fond rouge, décor kakémonos au coq, branchages fleuris et médaillons à paysages. Belle qualité.

277 — Compotier en vieux Chine, famille rose, décor à bouquets de fleurs et rosace au centre.

278 — Compotier en vieux Chine, décor paysages au centre, bordure à bouquets de fleurs.

279 — Trois petites assiettes creuses en vieux Chine dont deux décor à fleurs, l'autre représentant Vénus et l'Amour.

280 — Six compotiers en vieux Chine, décor à fleurs, dispositions variées.

281 — Deux compotiers en vieux Chine, décor bleu sur blanc à paysages.

282 — Petite plaque ronde en ancienne faïence d'Urbino, représentant des personnages sous une grotte. Cadre en bois sculpté.

283 — Plat rond en faïence d'Urbino, sujet allégorique : personnages dans un paysage.

284 — Petite assiette en ancienne faïence de Castelli, décor : Amour dans un paysage.

285 — Quatre plats ovales en vieux Chine, décor à fleurs détachées ; bordure bleue.

286 — Deux assiettes en porcelaine de Berlin, décor à fleurs, et rehaussées d'or.

287 — Deux assiettes en porcelaine de Saint-Amand, avec portraits de la princesse de Lamballe, sur fond bleu turquoise à rehauts d'or.

288 — Deux compotiers en vieux Chine, décor à poissons et fleurs.

289 — Quatre assiettes en vieux Japon, décor varié et polychrome.

290 — Deux grands plats en vieux Japon, décor polychrome et or à paysages et lambrequins.

291 — Deux coupes en vieux Japon, décor à fleurs, divisées par compartiments, à fond bleu et polychrome rehaussé d'or.

292 — Grand bol en ancienne porcelaine de l'Inde, décor à fleurs et guirlandes.

293 — Deux jolis plats en vieux Chine, famille verte, jardinières au centre, paysages et figures sur le bord divisé par compartiments.

294 — Deux plats ovales en vieux Chine, décor à fleurs et paysages.

295 — Plat rond en vieux Chine, décor à fleurs, marli fond jaune à petits dessins rehaussés d'émaux.

296 — Deux plats ronds en vieux Chine, décorés d'objets d'ameublement et de fleurs.

297 — Paire de vases en faïence de Milan, décor à fleurs.

298 — Paire de vases en porcelaine de Chine, décor bleu sur blanc.

299 — Quatre-vingt-douze belles assiettes en ancienne porcelaine de Chine, à riches décors variés, formant des séries. (Sera divisé.)

300 — Sept compotiers en vieux Chine, famille rose, décor à jardinières fleuries.

301 — Deux plats en vieux Chine, famille rose, décor à kakémonos et fleurs.

302 — Sucrier avec plateau, en vieux Sèvres pointillé d'or ; bordure gros bleu.

303 — Grande coupe en vieux Chine, décor à paysages accidentés en bleu sur blanc.

304 — Beau service de table en porcelaine, de Macé, à Paris ; bordure à rehauts d'or, avec chiffre AD enlacé.

305 — Service de verrerie et de cristal ; dessin gravé pointillé.

306 — Services à dessert, composés de belles assiettes, de compotiers et de sucriers à décors variés.

307 — Deux bols de Chine, décor à figures, sur pieds en bois sculpté.

308 — Jolie petite aiguière avec plateau et couvercle, forme rocaille, en ancienne porcelaine de Ludwigsburg.

309 — Tasse trembleuse avec soucoupe et couvercle, en porcelaine de Berlin, décor à festons de rubans, fleurs et chiffre H en fleurs.

310 — Théière et pot à crème en vieux Chine, décor à fleurs et oiseaux.

311 — Sucrier avec couvercle, en vieux Chine, décor à paysage et marine dans le goût européen.

312 — Chocolatière en vieux Saxe, décor à paysages et oiseaux, avec figures dans le goût chinois, en bleu et or.

313 — Pot à crème en vieux Sèvres, décor à bouquets de fleurs détachés.

314 — Bol en ancienne pâte fine de Chine, décor à entrelacs rouges et or, avec médaillons réservés à figures et paysages.

315 — Service à thé en porcelaine de Sèvres fond rouge, rehaussé d'or, bandes à fleurs et ornements.

316 — Chocolatière de Sèvres, fond blanc, au chiffre de Louis-Philippe, rehaussé d'or.

317 — Deux assiettes de Sèvres, décor à rosaces et rubans.

318 — Deux petits cornets du Japon, décor à paysages en bleu.

319 — Deux bols du Japon, décor polychrome à rehauts d'or, fleurs et branchages, par compartiments.

320 — Suspension en bronze nickelé et poli, à une lampe et vingt bougies.

321 — Carpette genre Smyrne, fond rouge, à rosaces et ornements.

PREMIER SALON

322 — Deux très belles décorations de croisées et trois décorations de portes, formées chacune de deux rideaux en peluche rouge, avec riches broderies Louis XIII à fleurs et bandeaux plats analogues, garnies de franges, avec embrasses et glands assortis.

323 — Très bel ameublement composé de trois canapés et quatre sièges forme ottomane, en peluche rouge, avec larges bandes en satin jaune d'or, richement brodés d'arabesques, de fleurs et de cornes d'abondance, en soie de toutes nuances, garnis de franges et de glands assortis.

324 — Très belle bergère à oreillons, en bois sculpté, style Louis XIV, couverte de brocart vieux rose, brochée d'argent, à grand dessin à fleurs et feuillages, garnie de passementeries assorties.

325 — Fauteuil en bois finement sculpté, fond laqué rouge, offrant, à rehauts d'or et en bas-relief, des paysages chinois avec figures au dossier ; à l'extrémité des accotoirs, des têtes de dragons ; avec coussin en brocart d'argent fond vert. Travail cochinchinois.

326 — Deux chaises légères en bois sculpté et doré, couvertes en soie noire brochée à bouquets de fleurs et capitonnées. Style Louis XVI.

327 — Deux beaux meubles d'appui s'ouvrant à un battant, en bois noir, avec panneaux et frises, décor à médaillons d'amours, sujets de chasse, arabesques et oiseaux en couleur sur fond d'or, garnis de bronzes dorés ; dessus en marbre du Languedoc, avec moulures à doucine suivant les contours des meubles. Style Louis XVI.

328 — Jolie petite table en bois finement sculpté et doré ; dessus en marbre brocatelle d'Espagne. Style Louis XVI.

329 — Petite desserte carrée en acajou, avec croisillon à panache surmonté d'une fleur de lis ; dessus en marbre brèche de Sicile, garnie de bronzes dorés. Style Louis XVI.

330 — Deux jolis petits bahuts en marqueterie d'écaille et de cuivre sur fond d'étain, richement garnis de bronzes dorés, exécutés d'après les modèles de Boule. Style Louis XIV.

331 — Très jolie table rectangulaire en porphyre oriental, supportée par quatre cariatides de Flore, ralliées par un entrejambes avec brûle-parfums tout en bronze ciselé et doré, bandeau avec tiroir en acajou satiné, encadré de perlés et enchâssé dans une moulure en bronze doré, avec médaillons à bustes de femme, festons de rubans et guirlandes de fleurs se dessinant sur les deux faces principales ; bordure-support à feuilles d'acanthe, surmonté d'un perlé, avec soleils épanouis aux écoinçons. Travail remarquable de style Louis XVI.

332 — Console en bois sculpté et doré, dessin à grands ornements Louis XIV; dessus en peluche rouge orné de broderies à fleurs.

333 — Support en bois sculpté laqué rouge et rehaussé d'or. Travail cochinchinois.

334 — Paravent à trois feuilles en brocart d'argent, dessin à fleurs et palmes, encadré et gainé de peluche rouge.

335 — Petit paravent à trois feuilles en peluche rouge, offrant sur chaque panneau des médaillons en ancienne broderie de la Renaissance, représentant des scènes allégoriques au Nouveau Testament et orné d'applications de broderies à fleurs et branchages. Gainé de peluche rouge.

336 — Petite étagère en marqueterie de cuivre sur fond d'écaille de l'Inde, garnie de bronzes. Style Louis XIV.

337 — Deux miroirs biseautés, cadres en bois sculpté et doré. Style Louis XIV.

338 — Petit paravent à trois feuilles, en acajou gravé et rehaussé d'or, garni de panneaux en satin rayé et broché fond crème; gainé en soierie rouge avec galerie à petit balustre en bronze doré. Style Louis XVI.

339 — Grand et beau tapis d'Orient, fond bleu, à médaillons et rosaces polychromes; bordure multicolore.

340 — Très beau groupe en marbre : *la Nymphe au tambourin et le Petit Faune cymbalier*, de Lanzirotti ; socle en marbre griotte.

341 — Deux grands et beaux vases en bronze doré et émail cloisonné, fond bleu turquoise, décor polychrome de style pompéien, exécuté d'après le dessin original de C. Sévin, signé et daté de 1862, par la maison *Barbedienne*.

342 — Deux vases-cassolettes en porcelaine de Tournai, décor bleu turquoise, médaillons à sujets Watteau ; montures en bronze doré. Style Louis XVI.

343 — Petit miroir sur chevalet, cadre en bronze doré, forme architecturale. Style Louis XVI.

344 — Paire de beaux chenets en bronze ciselé et doré, grand modèle, style Louis XVI ; balustrade et brûle-parfums avec guirlandes de roses et anses têtes de satyres.

345 — Jolie pendule représentant des figures allégoriques de l'astronomie autour d'un monument en bronze doré, sur socle en marbre blanc, garni de bronzes dorés; cadran émaillé à guirlandes de *E. Bellenot*. Travail de style Louis XVI.

346 — Paire de flambeaux en bronze ciselé et doré, formés de groupes de cariatides de femmes enguirlandées de fleurs, surmontés de vases tripodes à têtes de lions; pieds à feuillages, bordure perlée. Style Louis XVI.

347 — Paire de potiches avec couvercles en porcelaine de Saxe, décor à fleurs et médaillons d'après Wouwermans; monture en bronze. Style Louis XVI.

348 — Coffret en laque du Japon aventuriné, dessin à rehauts d'or.

349 — Paire de candélabres forme brûle-parfums, en marbre blanc; monture en bronze doré supportée par trois cariatides de satyres, avec bouquets à quatre lumières. Style Louis XVI.

350 — Deux seaux en porcelaine d'Amstel, décor à fleurs en bleu et or.

351 — Petit écran cochinchinois en bois finement sculpté et doré, représentant des assemblées de personnages; monture en bois noir sculpté.

352 — Corbeille ovale de Saxe.

353 — Corbeille ronde de Saxe.

354 — Jardinière ovale de Saxe.

355 — Boite en bois du Japon avec applications de burgau et d'ivoire teinté, à fleurs et oiseaux.

356 — Jolie petite boite forme bizarre, en laque fine du Japon, fond d'or.

357 — Coupe de Saxe, bordure à jour, monture en bronze doré.

358 — Deux petits vases en faïence, décor à fleurs.

359 — Jardinière carrée de Sèvres, décor à fleurs.

360 — Coupe en cristal rehaussé d'or, monture en bronze doré.

361 — Deux jardinières de Berlin, dessin à jour, décor vert et rouge.

362 — Très belle coupe forme corne d'abondance, avec couvercle, surmontée d'une figure de Mars, et pieds couronnés par une statuette de sirène tout en argent doré finement repercé et émaillé, représentant des scènes mythologiques d'une grande finesse d'exécution, inspiré de la Renaissance.

363 — Paire de candélabres en bronze doré, à statuettes de nymphes drapées portant des bouquets à quatre lumières sur fûts de colonnes en marbre blanc, orné de bronzes. Style Louis XVI.

364 — Porte-bouquet, forme bâton rompu en cristal craquelé couleur rubis.

365 — Deux seaux en porcelaine de Paris, décor bacchanales d'enfants sur fond bleu.

366 — Groupe en terre cuite : *l'Amour maternel*, de CARRIER-BELLEUSE.

367 — Buste en marbre de Louis XVII.

368 — Colonne en acajou cannelé de cuivre, avec monture en bronze doré. Style Louis XVI.

369 — Paire de lampes en vieux Chine, famille verte, décor à cartels de fleurs; monture en bronze. Style Louis XVI.

370 — Porte-pelle et pincettes avec accessoires.

371 — Quatre coussins de fantaisie, en brocart et tapisserie.

372 — Lustre à dix-huit lumières, en bronze orné de cristaux. Style Louis XVI.

GRAND SALON

373 — Grande décoration de baie, formée par trois lambrequins réunis en lampas fond rouge, à dessin

Louis XVI, ton jaune d'or avec grands rideaux en soie rouge garnis de franges et de glands.

374 — Paire de grands rideaux en lampas rouge, dessin ton jaune d'or, style Louis XVI, doublés de soie rouge.

375 — Très bel ameublement en bois finement sculpté et doré, couvert en lampas analogue, dessin Louis XVI, composé d'un grand canapé, deux marquises et quatre fauteuils.

376 — Quatre chaises volantes en bois sculpté et doré, couvertes en soierie brochée de fantaisie. Style Louis XVI.

377 — Banquette en bois sculpté et doré, couverte en satin crème brodé d'élégantes guirlandes de fleurs en soie de toutes nuances. Style Louis XVI.

378 — Très belle table de milieu, en bois d'acajou, richement ornée de bronzes ciselés et dorés. Style Louis XVI.

379 — Deux très beaux meubles d'appui en bois d'acajou et de citronnier, avec panneaux en vernis Martin, à sujets allégoriques, paysages et attributs richement garnis de bronzes ciselés et dorés; dessus en marbre blanc suivant les contours des meubles. Style Louis XVI.

380 — Petit paravent à quatre feuilles et à double face, en bambou doré, avec panneaux en soie de Chine brodée à personnages et paysages.

381 — Grand et beau tapis d'Orient, fond jaune, dessin à fleurs et branchages, avec bordure multicolore.

382 — Magnifique piano à queue, de Pleyel, en bois finement sculpté, partie décorée de médaillons à sujets allégoriques à la danse, à la musique et au chant, encadré de guirlandes de fleurs se détachant sur un fond d'or relevé d'arabesques et d'élégants rinceaux. Avec bordures fond vert d'eau et moulures, lyres, guirlandes de fleurs et cygnes rehaussés d'or de couleur. Travail remarquable de style Louis XVI, pour les peintures attribuées à Baudry.

383 — Tabouret de piano en bois sculpté et doré, de même style, avec dessus en tapisserie représentant un trophée de musique encadré de fleurs.

384 — Lustre à trente lumières en bronze doré, richement garni de cristaux taillés. Style Louis XVI.

385 — Deux torchères à douze lumières, en bronze doré, supportées par des cariatides de béliers ornées de guirlandes de laurier avec bouquets ornés de cristaux taillés. Style Louis XVI.

386 — Table en bois sculpté et doré, dessus en marbre vert de mer. Style Louis XVI.

387 — Belle pendule en marbre blanc représentant un monument surmonté d'une mappemonde drapée et avec figures allégoriques de la guerre et des sciences, en bronze dorée : socle orné d'une arabesque se détachant sur un fond à paillons verts ; cadran signé *Lechopié*. Style Louis XVI.

388 — Paire de vases en marbre onyx rosé d'Orient, ornés d'anses à têtes de satyres, en bronze ciselé et doré. Style Louis XVI.

389 — Paire de chenets en bronze doré, modèle vases et rinceaux fleuronnés. Style Louis XVI.

390 — Grand et superbe buste : *la Bacchante* de *Clésinger*. Marbre blanc (signé).

391 — Grand et superbe buste : *Bianca Capello*. Marbre blanc de *Marcello*, signé.

392 — Deux gaines en marbre brèche du Languedoc, à moulures noires.

393 — Paire de très belles lampes en ancienne porcelaine du Japon, décor à paysages, fleurs et oiseaux en bleu rouge et or, avec montures en bronze doré. Style Louis XVI. De *Gagneau*.

394 — Deux paires de grands et beaux cornets, en ancienne porcelaine du Japon, décor analogue à celui des lampes précédentes ; montures en bronze doré, de style Louis XVI.

395 — Paire de très grandes et belles torchères formées de groupes de nymphes, en bronze, patine frottée d'or, portant des coupes avec bouquets à six lumières en bronze doré, posées sur des colonnes en marbre rouge griotte, sculptées à canaux, garnies de chutes, de fleurs, de rosaces, de draperies et de tores de laurier en bronze doré. Style Louis XVI.

396 — Paire de bras d'applique à deux lumières, en bronze doré. Style Louis XVI.

397 — Plusieurs tapis d'Orient, très fins, dessins variés. (Seront vendus séparément.)

398 — Divers coussins en satin et brocart.

399 — Coupe en albâtre oriental. Monture bronze doré.

400 — Paire de petits candélabres à deux lumières, en bronze doré. Style Louis XVI.

401 — Vase de Sèvres bleu flambé et à monture bronze doré.

402 — Deux vases en fer damasquiné d'or. Style oriental.

403 — Brûle-parfums en porcelaine gros bleu, monture bronze doré, socle marbre blanc.

404 — Paire de flambeaux en bronze doré. Style Louis XIV.

405 — Paire de flambeaux en bronze doré. Style Louis XVI.

406 — Tabouret en bois sculpté, dessus en tapisserie ancienne : le Char de Junon ; travail au petit point. Époque Louis XIV.

407 — Bahut en marqueterie de bois de luxe, dessin à médaillons style Louis XVI, garni de bronzes dorés ; dessus en marbre blanc.

408 — Table à jeu en bois noir, garnie de bronzes. Style Louis XVI.

409 — Table à jeu en marqueterie de bois, garnie de bronzes. Style Louis XV.

410 — Grand paravent à trois feuilles, en peluche rouge.

411 — Guéridon en bronze doré, dessus en tapisserie.

412 — Deux fauteuils en bois laqué incrusté de nacre, couverts d'étoffes japonaises et capitonnés.

413 — Tabouret en noyer, couvert en tapisserie brodée de perles.

414 — Deux chaises en bois laqué blanc et or, couvertes en tapisserie.

415 — Deux chaises en bois doré, couvertes en damas de soie rouge, capitonnées.

416 — Grande carpette orientale à petits dessins polychromes sur fond bleu.

417 — Coupe en faïence italienne, décor : Scène de combat.

418 — Bannette de Rouen, décor polychrome.

419 — Plat en vieux Chine, décor : Paysage et oiseaux, à rehauts d'or.

420 — Plat du Japon, décor à fleurs en bleu.

421 — Quatre compotiers de Rouen, décor bleu, à guirlandes.

422 — Plat en faïence italienne, fond bleu, dessin raphaélesque à reflets métalliques.

423 — Plat oblong de Delft, décor paysage.

424 — Trois assiettes vieux Chine, famille rose.

425 — Trois assiettes en faïence française.

426 — Plat italien, décor armoirie.

427 — Plat de Marseille moderne, décor paysage et fleurs.

428 — Grande plaque persane, à personnages et fleurs, cadre bois noir.

429 — Statuette en bronze vert : le Satyre, d'après l'antique.

430 — Paire de lampes en porcelaine, fond blanc, décor fleurs et amours, à rehauts d'or ; monture en bronze doré. Style Louis XVI.

431 — Lustre en bronze doré à douze lumières, orné de cristaux taillés. Style Louis XVI.

432 — Console d'applique en bois sculpté et doré, dessus en marbre blanc. Style Louis XV.

TABLEAUX

CHABAL

433 — *Fleurs dans un vase.*

Signé à droite.

DARJOU

434 — *Voyage de l'impératrice en Égypte.*

Dessin rehaussé de blanc.
Signé à droite, avec dédicace.

DURAND BRAGER

435 — *Marine.*

Signée à gauche.

436 — *L'Abordage.*

Signé au bas.

GILARDI

(R. C.)

437 — *La Procession; Campertagno Valsesta (province de Novare).*

Bois. Haut., 15 cent.; larg., 11 cent.

GOYEN

(VAN)

438 — *Paysage.*

Petit panneau de forme octogonale.
Signé du monogramme.

439 — Pendant du précédent.

GREUZE

(Imitation)

440 — *Jeune Fille.*

GRIMOU

(D'après)

441-442 — *Pèlerin et Pèlerine.*

Deux tableaux se faisant pendants.

LE GUIDE

(D'après)

443 — *L'Ange Gabriel.*

Fragment de la Salutation angélique

HALS

(D'après)

444 — *Portrait d'homme.*

HOET

(G.)

445 — *La Toilette d'Esther.*

Cadre. Haut., 44 cent.; larg., 57 cent.

446 — *La Condamnation d'Aman.*

Cadre. Haut., 44 cent.; larg., 55 cent.

ISABEY

(père)

447 — *Portrait de femme.*

Signé à droite.

ISABEY

448 — *La Châtelaine.*

Signé à gauche et daté.

JUNG
(DE)

449 — *Paysage.*

Signé en bas.

450 — Pendant du précédent.

LANCRET
(D'après)

451 — *Danse champêtre.*

LANFALLEY
(D'après CHAPLIN)

452 — *Baigneuse.*

Signé à gauche.

LANFALLEY
(D'après CHAPLIN)

453 — *La Pêche.*

Signé à droite.

LEEN
(VAN)

454 — *Fruits.*

Signé à droite.

MAGNUS

455 — *Sous bois.*

Signé à droite.

MARCO DEI FIORI

456 — Deux tableaux de fleurs.

De forme ovale.

NORDE

(CHARLES)

457 — *Fleurs et Fruits.*

Signé et daté 1853.

PATER

(D'après)

458 — *Le Bain.*

459 — *Réunion galante.*

Pendant du précédent.

ROQUEPLAN

460 — *Paysage.*

Signé à droite.

RINGELING

461 — *Guillaume d'Orange, dit le Taciturne.*

Bois. Haut., 42 cent.; larg., 32 cent.

SABATIER

462 — *Vue prise à Nice.*

Signé à droite.

SVERTCHKOFF

463 — *Cheval à l'écurie.*

Signé et daté 1852.

TENIERS

(D'après)

464 — *Le Barbon galant.*

VERDUSSEN

465 — *L'Écurie d'auberge.*

Signé à droite.

Toile. Haut., 36 cent.; larg., 31 cent.

ÉCOLE FLAMANDE

466 — *Portrait d'acteur.*

467 — *Paysage avec figures et animaux.*

ÉCOLE HOLLANDAISE

468 — *Portrait de femme.*

ÉCOLE ITALIENNE

469 — *L'Adoration des bergers.*

ÉCOLE ITALIENNE

470 — *Fête à Bacchus.*

Toile. Haut., 70 cent.; larg., 95 cent.

ÉCOLE ITALIENNE

(D'après Véronèse)

471 — *Le Mariage mystique de sainte Catherine.*

Cadre. Haut., 50 cent.; larg., 35 cent.

ÉCOLE FRANÇAISE

472 — *Portrait de petit garçon.*

Pastel.

ÉCOLE FRANÇAISE

473 — *Fleurs.*

ÉCOLE FRANÇAISE

474 — *Un Capitan.*

Peinture sur papier.

ÉCOLE FRANÇAISE

475 — *Vénus et l'Amour.*

ÉCOLE FRANÇAISE

476 — *Portrait de jeune femme.*

Pastel de forme ovale.

ÉCOLE FRANÇAISE

477 — *Portrait d'homme.*

Ovale.

Haut., 73 cent.; larg., 57 cent.

ÉCOLE FRANÇAISE

478 — *Marine.*

Toile. Haut., 60 cent.; larg., 45 cent.

479 — Sous ce numéro, tableaux, pastels, aquarelles, dessins non catalogués.

FUMOIR

480 — Cabinet portugais en bois sculpté et guilloché, garni de cuivres découpés à jour. Époque Louis XIII.

481 — Petite table à pieds tors, en bois noir, dessus en tapisserie.

482 — Deux porte-cartons en fer doré.

483 — Table gigogne en laque rouge, rehaussée d'or.

484 — Grande glace biseautée, avec cadre à fronton en bois noir guilloché, richement garnie de cuivres repoussés et dorés.

485 — Grande et belle table rectangulaire en bois noir, incrusté d'ivoire gravé et représentant des rondes de nymphes, des sujets à petits amours et une ornementation raphaélesque style Renaissance.

486 — Petit cabinet en bois noir, incrusté d'ivoire gravé sur console de même style. Travail italien.

487 — Deux miroirs biseautés, avec cadre et glaces, montures bois noir, garnis de cuivres frottés. Style Louis XIII.

488 — Cabinet en laque ancienne du Japon, fond noir à rehauts d'or, incrusté de burgau sur support analogue.

489 — Divan avec dossier à coussins, forme ottomane, recouvert en tapis d'Orient.

490 — Canapé forme ottomane, recouvert en tapis d'Orient.

491 — Petite banquette solitaire en noyer sculpté, couverte de peluche rouge. Style Renaissance.

492 — Trois coussins en broderie et tapisserie, et en tapis d'Orient.

493 — Deux fauteuils de chêne sculpté à dossiers carrés, recouverts en tapisserie et en velours rouge. Style Louis XIII.

494 — Deux chaises bois noir rehaussé d'or, couvertes en satin broché, fond noir, dessin polychrome.

495 — Stalle en noyer sculpté, rehaussé d'or, couverte de peluche rouge, garnie de franges. Style Renaissance.

496 — Petite table rectangulaire en bois laqué incrusté de burgau. Style chinois.

497 — Deux étagères en noyer rehaussé d'or.

498 — Deux consoles-supports d'applique, à figures d'amours en bois sculpté. Travail italien.

499 — Paire d'appliques à deux lumières, en fer forgé. Style Renaissance.

500 — Paire de vases à deux anses, avec goulots sur la panse, en ancienne faïence italienne, décor d'écussons avec croix de Malte et chiffre DF.

501 — Trois plats en faïence d'Urbino, décor à figure et paysages, sujets allégoriques. (Seront vendus séparément.)

502 — Paire de beaux vases avec couvercles en marbre rouge antique veiné blanc, richement montés en bronze doré. Style Louis XVI.

503 — Paire de lampes, système à gaz, en porcelaine gris craquelé; monture cuivre poli.

504 — Pendule en bronze poli et repercé de style Louis XIII.

505 — Potiche en vieux Japon, décor polychrome sur pied en bois noir.

506 — Écran dans le goût japonais, en bronze frotté et ciselé, panneau représentant une cigogne dans un paysage.

507 — Paire de chenets avec traverse, pelle et pincettes en fer forgé. Style Renaissance.

508 — Deux crachoirs en cuivre poli.

509 — Deux stores en soierie garnis de franges et de glands assortis, surmontés d'une draperie.

510 — Tapis d'Orient, fond gros bleu, dessin polychrome, bordure multicolore.

511 — Deux plaques en émail de Limoges, représentant la Fuite en Égypte et un sujet mythologique.

ESCALIER

512 — Tapis d'Orient, fond bleu, dessin polychrome, couvrant deux étages et le premier palier.

513 — Meuble d'appui en bois peint, style dit Campana, dessus en marbre rouge.

514 — Console-support en bois finement sculpté, Louis XIV, dessus marbre noir.

515 — Deux escabeaux en chêne sculpté.

516 — Table en chêne sculpté avec tiroirs.

517 — Vase cylindrique en ancienne faïence italienne, décor en camaïeu bleu.

CABINET DE TRAVAIL

518 — Deux décorations de croisées composées de quatre grands rideaux et deux lambrequins à draperies en satin havane avec galons bleu rayé, franges et passementeries assorties.

519 — Deux portières en satin rouge brodé de Chine avec bandeaux en satin vert représentant des dragons et de nombreux personnages au milieu de paysages.

520 — Canapé, deux grands fauteuils et quatre chaises en satin havane, recouverts et capitonnés.

521 — Très beau bureau en bois rose, garni de bronzes dorés. Style Louis XV.

522 — Fauteuil de bureau en bois noir, couvert en satin havane, capitonné.

523 — Joli petit meuble cabinet, dit contador, tout en marqueterie de bois et d'ivoire avec monture en cuivre découpé à jour.

524 — Servante à quatre étagères, en acajou, montée en bronze. Style Louis XVI.

525 — Deux tables en bois sculpté et doré, dessus en marbre blanc. Style Louis XVI.

526 — Petite étagère carrée formant support en bois sculpté et doré, dessus en velours de Gênes. Style Louis XVI.

527 — Grande et belle armoire en bois rose et bois noir, s'ouvrant à deux portes, cintrée sur les côtés, richement garnie de bronzes dorés. Style Louis XVI.

528 — Petite table à jeu, en bois noir rehaussé d'or.

529 — Petite table, dessus forme plateau, en marqueterie de bois de luxe sur fond de palissandre avec tablette d'entrejambes en marbre fleuri. Style Louis XVI.

530 — Écran en bois sculpté et laqué, garni d'un panneau en tapisserie à fleurs, au petit point. Louis XV.

531 — Grand fauteuil en noyer sculpté et rehaussé d'or, couvert en peluche bleue, garni de franges. Style Renaissance.

532 — Jolie chaise longue, en noyer finement sculpté, couverte en soierie brochée à bouquets de fleurs. Style Louis XV.

533 — Deux petits fauteuils crapauds, recouverts en soierie brochée et rayée, genre oriental.

534 — Pendule avec socle d'applique, en marqueterie de cuivre sur fond d'écaille, garnie de bronzes dorés. Style Louis XIV.

535 — Lustre à vingt lumières, en bronze ciselé et doré, modèle élégant. Style Louis XVI.

536 — Grande glace biseautée avec cadre à fond de glace et à fronton, montée en bois sculpté et doré. Style Louis XIV.

537 — Coupe en bronze frotté et niellé du Japon, sur pied en bois sculpté à jour.

538 — Coffret en laque de Chine, fond noir à rehauts d'or.

539 — Buste en marbre blanc : l'Innocence, inspiré du XVIIIe siècle.

540 — Paire de vases en porcelaine de Tournai, pâte tendre, fond bleu de roi, rehaussés d'or et d'émaux, avec médaillons à sujets champêtres d'après Boucher; monture en bronze ciselé et doré. Style Louis XVI.

541 — Paire de petits candélabres à deux lumières en émail cloisonné et bronze doré. Travail français.

542 — Cigogne en émail cloisonné de Chine.

543 — Paire de lampes en porcelaine gris craquelé, monture bronze poli.

544 — Tablette de cheminée en peluche rose, avec ban-

deau en satin crème orné d'ancienne broderie d'argent et de soie, garnie de franges assorties.

545 — Devant de feu en bronze, modèle balustrade à guirlande et brûle-parfums. Style Louis XVI.

546 — Lampe liseuse, en métal nickelé de Jones.

547 — Statuette en bronze vert : le *Silène florentin*; socle en marbre.

548 — Statuette en bronze vert : *Antinoüs*; socle en marbre.

549 — Deux colonnes en marbre fleuri violet, monture en bronze doré avec chapiteaux.

550 — Buste de femme en bronze : la *Méditation*, de *Lanzirotti*.

551 — Paire de potiches avec couvercles du Japon, décor polychrome à rehauts d'or.

552 — Deux petites gourdes de Saxe, décor médaillons à sujets de chasse.

553 — Bouteille en vieux Chine, décor bleu sur blanc à personnages; monture cuivre à chaînettes.

554 — Deux plats de Delft, décor polychrome à fleurs.

555 — Deux cornets de Delft polychromes, monture bronze doré.

556 — Deux aiguières de Nevers, décor à figures et paysages bleu sur blanc.

557 — Divers coussins recouverts en guipure et autres en broderie.

558 — Figurine de Japonais en grès émaillé, sur socle de bois de fer.

559 — Petit coffret en écaille, incrusté de cuivre et de nacre. Louis XIV.

560 — Groupe de deux figures de Saxe, allégories de l'hiver.

561 — Figurine de Satzuma : guerrier assis, riche décor à rehauts d'or, sur socle en bois laqué du Japon.

562 — Vase en grès émaillé vert, décor à jour du Japon, sur socle en laque.

563 — Tapis oriental fond blanc, dessin polychrome.

564 — Trois carpettes orientales, dessins variés.

565 — Deux jardinières avec plateaux, en faïence de Cronenburg, décor ajouré.

CHAMBRE A COUCHER

566 — Magnifique lit de milieu en bois sculpté, fond laqué blanc, frises et ornements, ainsi que le fronton, inspirés du plus joli style Louis XVI, tout rehaussé d'or de différents tons. Le fond et le devant sont gainés de satin bleu turquoise, rayé et broché.

567 — Joli dessus de lit en satin crème, élégamment orné de broderies à guirlandes de fleurs et festons de rubans, bordé de guipures, style Louis XVI, doublé de satin blanc et piqué.

568 — Très belle décoration de lit et deux décorations de croisées, composées de grands rideaux avec lambrequin à draperies en satin bleu turquoise rayé et broché, accompagnées d'embrasses et de garnitures assorties. Style Louis XVI.

569 — Garniture intérieure du lit en mousseline et guipure.

570 — Deux paires de rideaux de vitrages et quatre impostes analogues.

571 — Très belle tenture murale en satin bleu turquoise rayé et broché à guirlandes de fleurs. Style Louis XVI.

572 — Beau canapé en bois sculpté et doré, fond laqué blanc, couronné par un trophée d'arcs, de couronnes et de gerbes de fleurs, couvert en satin bleu turquoise rayé et broché. Style Louis XVI.

573 — Quatre chaises à dossiers, forme lyre, en bois sculpté et doré, fond laqué blanc, couvertes en satin bleu turquoise rayé et broché. Style Louis XVI.

574 — Deux jolies bergères en bois finement sculpté et doré, fond laqué blanc, couvertes de satin crème avec coussins, et ornées de broderies à fleurs, oiseaux et papillons, avec chiffre HD au milieu. Style Louis XVI.

575 — Très belle chaise longue en bois richement sculpté et doré, dessin à rocailles fleuronnées de style Louis XV, forme des plus gracieuses, recouverte en ancien brocart d'argent, fond crème à bouquets de fleurs et festons de rubans.

576 — Fauteuil crapaud en bois sculpté et doré, fond laqué blanc, relevé de rose, couvert en satin rayé et broché bleu turquoise, garni de passementeries roses et bleues. Style Louis XVI.

577 — Jolie console en bois finement sculpté, laqué blanc et rehaussé d'or; dessus en marbre blanc. Style Louis XVI.

578 — Écran en bois sculpté, surmonté d'un trophée guerrier, fond laqué blanc et rehaussé d'or, garni

d'un panneau en satin crème, finement brodé au passé et au plumetis, dessin des plus élégants à draperies, couronnes, corbeilles et guirlandes de fleurs, au revers garni d'un panneau de satin bleu, brodé d'un trophée de musique enguirlandé de fleurs.

579 — Dessus de cheminée en satin crème, brodé à fleurs, garni de passementeries assorties.

580 — Très belle commode en bois d'acajou satiné, richement garnie de bronzes ciselés et dorés ; dessus en marbre blanc. Style Louis XVI.

581 — Belle glace biseautée avec cadre en bois finement sculpté et doré, offrant au fronton un groupe de deux colombes au milieu d'un trophée de carquois, d'arcs et de torches enguirlandés de fleurs. Style Louis XVI.

582 — Table de nuit forme chiffonnier et desserte, en bois d'acajou, ornée de cuivre ; dessus en marbre blanc. Style Louis XVI.

583 — Paravent à quatre feuilles, en bois doré, avec panneau en lampas rouge broché jaune d'or à double face. Style Louis XVI.

584 — Très jolie petite table à contours, avec tiroir, supportée par huit colonnettes posant sur une tablette tout en marqueterie de bois de luxe ; monture en bronze doré. Style Louis XVI.

585 — Jolie petite table ovale, avec tiroir et tablette d'entrejambes forme rognon, tout en marqueterie de bois garnie de cuivre, dessin Louis XVI.

586 — Joli petit cabinet en ancienne laque du Japon, fond noir à rehauts d'or, incrusté de burgau.

587 — Glace à fronton, genre vénitien.

588 — Deux petites glaces, genre vénitien, avec cadres gravés à frontons. Style Louis XVI.

589 — Très belle garniture de cheminée, de style Louis XVI, composée d'une pendule forme monument, en marbre blanc, richement garnie d'ornements. de guirlandes et de festons de rubans, en bronze ciselé et doré, avec deux candélabres forme trépieds, en marbre blanc, supportés par des cariatides de béliers et surmontés de bouquets à quatre lumières en bronze doré.

590 — Deux cassolettes formant flambeaux, forme ovoïde, en marbre blanc; monture en bronze doré. Louis XVI.

591 — Paire de petits vases en porcelaine de Vienne, décor fond rose et fond bleu, rehaussés d'or, avec médaillons à sujets mythologiques.

592 — Paire de grands chenets en bronze doré représentant des chiens couchés sur des balustrades. Époque Louis XVI.

593 — Desserte carrée élevée sur trois pieds reliés par deux tablettes triangulaires en acajou garni de bronzes dorés. Style Louis XVI.

594 — Coffret à bijoux en bois rose, richement monté en bronze doré.

595 — Très belle veilleuse forme jardinière, en albâtre oriental, richement montée en bronze ciselé et doré, avec mascarons, guirlandes de perles, figure d'amour, couronnes de roses et palanquin à draperies. Style Louis XVI.

596 — Statuette en marbre : la Vénus Callipyge ; socle en palissandre garni de bronzes.

597 — Coffret à bijoux en porcelaine de Naples, montée en bronze.

598 — Deux seaux en porcelaine de Saint-Amand, décor fond bleu turquoise et bleu de roi, rehaussé d'or et d'émaux avec médaillons : Portraits de Louis XVI et de Marie-Antoinette. Montures en bronze doré.

599 — Petit miroir sur chevalet, en porcelaine de Saxe moderne, cadre orné de figures d'amours.

600 — Tapis fond blanc, dessin à guirlandes de fleurs et arabesques.

CABINET DE TOILETTE

601 — Armoire à glace, deux chiffonniers, commode en bois laqué blanc, filets roses. Style Louis XVI.

602 — Petit meuble bonheur du jour, en bois laqué blanc, garni de bronzes dorés et de plaques de porcelaine de Saint-Amand, décor petits amours et fleurs. Style Louis XV.

603 — Table-bureau en bois laqué blanc, garnie de bronzes. Style Louis XV.

604 — Table à ouvrage. Même style.

605 — Deux fauteuils et deux chaises en bois sculpté et laqué blanc, couverts en perse. Style Louis XIII.

606 — Décoration de croisée, portière et panneaux de tenture en perse, dessin paysages, oiseaux et fleurs.

607 — Glace avec cadre en bois sculpté et doré, représentant une suite d'oiseaux et des ornements.

608 — Grande glace, avec cadre en bois laqué et deux bras d'applique à trois lumières; système à gaz.

609 — Jolie garniture de cheminée Louis XVI : pen-

dule représentant Flore et l'Amour, candélabres, figures d'enfants en bronze doré, socles en marbre blanc ornés de bronzes.

610 — Deux petits flambeaux en bronze, ornés de figures d'enfants.

611 — Deux seaux en ancienne porcelaine de Paris, décor à trophées et corbeilles de fleurs et de fruits.

612 — Deux pots à pommade en cristal taillé, monture bronze doré. Époque premier Empire.

613 — Dessus de cheminée en satin crème brodé.

614 — Suspension en vieux Chine, famille verte, monture bronze doré, à six bras de lumière.

615 — Lampadaire d'applique en bronze avec lampe en vieux Delft, décor bleu sur blanc; système à gaz.

616 — Deux coffrets à dentelles et bijoux en bois et marqueterie d'ivoire.

617 — Desserte en marqueterie de bois, dessus marbre blanc, avec galerie de même style. Louis XVI.

618 — Paire de grands vases en porcelaine du Japon, décor à personnages et dragons en polychrome.

619 — Garniture de toilette montée en ivoire.

ÉTOFFES ANCIENNES

620 — Nombreuses pièces en brocart, en broderie, en satin, en soierie brochée, des époques Louis XIV, Louis XV et Louis XVI, pour garnitures de meubles, dessus de lits, draperies, etc. (Seront vendues séparément.)

ÉVENTAILS

621 — Dix-neuf beaux éventails en dentelles et plumes, en gaze brodée et feuilles peintes à l'aquarelle ; montures en écaille, en nacre, en ivoire et en bois sculpté. (Seront vendus séparément.)

622 — Éventail du temps de Louis XV, monture ivoire sculpté, feuille à scène champêtre.

DENTELLES

623 — Nombreuses et belles garnitures de robes, pointes, cols, manches, volants en dentelles d'Alençon, Valenciennes, Angleterre, Bruxelles, Malines, Argentan et Chantilly. (Sera divisé.)

624 — Nappes, dessous de lampes, têtières, tapis de table en ancienne guipure. (Sera divisé.)

FOURRURES

625 — Couvertures, garnitures de manteaux, manchons, boas en martre, zibeline, hermine, loutre, etc. (Sera divisé.)

MOBILIER ET OBJETS D'ART

Provenant de la propriété de Saint-Germain

626 — Joli mobilier de boudoir, composé d'une bergère et quatre fauteuils, dix chaises en bois sculpté laqué blanc et vert d'eau, couverts en soierie ancienne, fond crème broché à bouquets de fleurs du temps de Louis XV.

627 — Canapé couvert en satin blanc broché, orné d'applications en ancienne broderie, garniture chenillée.

628 — Décoration de croisée en damas de soie vert, garnie de franges avec embrasses et glands en passementeries assorties.

629 — Deux fauteuils en acajou cannelé de cuivre, avec dossiers à coussins couverts en étoffe rouge brochée. Style Louis XVI.

630 — Service de Sèvres dans un écrin.

631 — Table carrée, support à pieds tors, en bois noir; dessus en tapisserie.

632 — Chaise carrée, couverte en ancien velours de Bagdad, garnie de galons chenillé rouge ancien, forme Louis XIII.

633 — Petite desserte en acajou garni de cuivre, dessus à galerie. Style Louis XVI.

634 — Baromètre en bois sculpté et doré. Louis XVI.

635 — Petite table rectangulaire en bois sculpté et doré. Style Louis XVI.

636 — Deux meubles formant bureaux bonheur du jour, en marqueterie de bois, ornés de bronzes avec plaques en porcelaine de Saint-Amand, représentant des portraits historiques et des sujets champêtres.

637 — Paire de lampes en émail cloisonné, panses fond rose, cols fond noir, décor en couleur ; monture bronze doré dans le goût chinois.

638 — Petit paravent en bambou doré, garni de panneaux en broderie chinois.

639 — Table en marqueterie de bois garnie de bronzes et ornée de plaques en porcelaine de Saint-Amand, décor à sujets champêtres.

640 — Écran en palissandre avec panneau en tapisserie fond jaune, à fleurs et ornements.

641 — Vase jardinière en cuivre martelé et repoussé.

642 — Suite de très beaux coussins en broderie, en brocart et en satin.

643 — Petit paravent à deux feuilles, en satin crème, orné de caractères chinois, fond de peluche rouge.

644 — Tablette de cheminée en peluche bleue, avec bandeau en ancien point de Hongrie, brodé d'arabesques de fleurs, avec bordure en franges assorties. Style Louis XIII.

645 — Petite chaise chauffeuse, couverte en soierie jaune rayée rouge et fleurdelisée.

646 — Petite desserte en marbre rouge, sur pied en bronze doré. Style Campana.

647 — Guéridon en acajou orné de cuivre, dessus en marbre rouge avec galerie.

648 — Table gigogne en acajou incrusté de cuivre. Style Louis XVI.

649 — Commode en bois de violette, ornée de bronzes; dessus de marbre. Époque Louis XIV.

650 — Bahut à deux portes, en marqueterie de bois, orné de bronzes dorés. Style Louis XVI.

651 — Glace-trumeau avec cadre en bois sculpté et

doré, fronton orné de corbeilles et de guirlandes de fleurs. Style Louis XVI.

652 — Piano en palissandre, de *Thiboul*.

653 — Garniture de cheminée : pendule et deux candélabres en bronze doré. Style Louis XVI.

654 — Deux flambeaux en bronze doré. Style Louis XVI.

655 — Groupe en marbre de deux figures représentant un Enlèvement.

656 — Petite pendule en biscuit de Sèvres, représentant l'Oiseau mort.

657 — Deux figurines en biscuit, représentant l'Innocence et l'Amour discret.

658 — Jardinière en vieux Chine, famille verte; monture bronze doré. Style Louis XVI.

659 — Paire de vases en porcelaine à la reine, décor à fleurs détachées.

660 — Garniture de cheminée en marbre onyx d'Algérie, et bronze doré avec sujet sur la pendule : la Sapho, de *Schœnewerke*.

661 — Deux grands chenets avec galerie en bronze

doré, représentant des enfants se chauffant sur des rocailles.

662 — Paire de petits chenets en bronze doré : enfants sur rocailles.

663 — Paire de vases en faïence italienne, anses à sirènes, décor raphaélesque.

664 — Petite pendule borne, en marbre blanc, ornée de bronze, surmontée d'un soleil. Style Louis XVI.

665 — Beau vase en vieux Chine, décor bleu sur blanc à paysage.

666 — Deux jardinières en porcelaine de Chine, décor bleu sur blanc.

667 — Deux plats en émail cloisonné du Japon.

668 — Grand plat, genre Watteau, décor armoirie.

669 — Deux plats de Dresde, décor à fleurs.

670 — Compotier de Saxe, décor à fleurs.

671 — Deux assiettes du Japon, décor polychrome et or.

672 — Grand plat de Saxe, décor à fleurs.

673 — Quatre assiettes en faïence et en porcelaine, décor marines encadrées.

674 — Potiche avec couvercle, en vieux Chine, famille verte.

675 — Belle jardinière en porcelaine de Saxe, fond jaune, médaillons avec paysages et figures, bordure à rehauts d'or.

676 — Objets non catalogués.

www.ingramcontent.com/pod-product-compliance
Ingram Content Group UK Ltd.
Pitfield, Milton Keynes, MK11 3LW, UK
UKHW020351180726
13839UKWH00003B/1024

9 782329 476162